Johann Wolfgang Von Goethe

# Die Laune des Verliebten

## in Großdruckschrift

# MEGALI

Johann Wolfgang Von Goethe

# Die Laune des Verliebten

## in Großdruckschrift

Reproduktion des Originals.

1. Auflage 2024  |  ISBN: 978-3-38733-961-1

Megali Verlag ist ein Imprint der Outlook Verlagsgesellschaft mbH.

Verlag: Outlook Verlag GmbH, Zeilweg 44, 60439 Frankfurt, Deutschland
Vertretungsberechtigt: E. Roepke, Zeilweg 44, 60439 Frankfurt, Deutschland
Druck: Libri Plureos GmbH, Friedensallee 273, 22763 Hamburg, Deutschland

# DIE LAUNE DES VERLIEBTEN

## EIN SCHÄFERSPIEL IN VERSEN UND EINEM AKT

JOHANN WOLFGANG GOETHE

## Personen

Egle
Amine
Eridon
Lamon

## Erster Auftritt

[Amine und Egle sitzen an der einen Seite des Theaters und winden
Kränze. Lamon kommt dazu und bringt ein Körbchen mit
Blumen.]


Lamon [indem er das Körbchen niedersetzt].
Hier sind noch Blumen.


Egle.
Gut!


Lamon.
Seht doch, wie schön sie sind!

Die Nelke brach ich dir.


Egle.
Die Rose! -


Lamon.
Nein, mein Kind!
Aminen reich' ich heut' das Seltene vom Jahr;
Die Rose seh' ich gern in einem schwarzen Haar.


Egle.
Und das soll ich wohl gar verbindlich, artig nennen?


Lamon.
Wie lange liebst du mich schon, ohne mich zu kennen?
Ich weiß es ganz gewiß, du liebst nur mich allein,
Und dieses muntre Herz ist auch auf ewig dein,
Du weißt es. Doch verlangst du mich noch mehr zu binden?
Ist es wohl scheltenswert, auch andre schön zu finden?
Ich wehre dir ja nicht, zu sagen: der ist schön,
Der artig, scherzhaft der; ich will es eingestehn,
Nicht böse sein.


Egle.
Sei's nicht, ich will es auch nicht werden.
Wir fehlen beide gleich. Mit freundlichen Gebärden

Hör ich gar manchen an, und mancher Schäferin
Sagst du was Süßes vor, wenn ich nicht bei dir bin.
Dem Herzen läßt sich wohl, dem Scherze nicht gebieten;
Vor Unbeständigkeit muß uns der Leichtsinn hüten.
Mich kleidet Eifersucht noch weniger als dich.
[zu Aminen:]
Du lächelst über uns! Was denkst du, Liebe? sprich!


    Amine.
Nicht viel.


    Egle.
Genug, mein Glück und deine Qual zu fühlen.


    Amine.
Wieso?


    Egle.
Wieso! Anstatt, daß wir zusammen spielen,
Daß Amors Schläfrigkeit bei unserm Lachen flieht,
Beginnet deine Qual, wenn dich dein Liebster sieht.
Nie war der Eigensinn bei einem Menschen größer.
Du denkst, er liebe dich. O nein, ich kenn ihn besser:
Er sieht, daß du gehorchst, drum liebt dich der Tirann,
Damit er jemand hat, dem er befehlen kann.

Amine.
Ach, er gehorcht mir oft.


Egle.
Um wieder zu befehlen.
Mußt du nicht jeden Blick von seinen Augen stehlen?
Die Macht, von der Natur in unsern Blick gelegt,
Daß er den Mann entzückt, daß er ihn niederschlägt,
Hast du an ihn geschenkt, und mußt dich glücklich halten,
Wenn er nur freundlich sieht. Die Stirne voller Falten,
Die Augenbraunen tief, die Augen düster, wild,
Die Lippen aufgedrückt, ein liebenswürdig Bild,
Wie er sich täglich zeigt, bis Bitten, Küsse, Klagen
Den rauhen Winterzug von seiner Stirne jagen.


Amine.
Du kennst ihn nicht genug, du hast ihn nicht geliebt.
Es ist nicht Eigensinn, der seine Stirne trübt;
Ein launischer Verdruß ist seines Herzens Plage
Und trübet mir und ihm die besten Sommertage;
Und doch vergnüg ich mich, da, wenn er mich nur sieht,
Wenn er mein Schmeicheln hört, bald seine Laune flieht.


Egle
Fürwahr ein großes Glück, das man entbehren könnte.
Doch nenne mir die Lust, die er dir je vergönnte?
Wie pochte deine Brust, wenn man vom Tanze sprach;

Dein Liebster flieht den Tanz und zieht dich Arme nach.
Kein Wunder, daß er dich bei keinem Feste leidet,
Da er der Wiese Gras um deine Tritte neidet,
Den Vogel, den du liebst, als Nebenbuhler haßt;
Wie könnt er ruhig sein, wenn dich ein andrer faßt
Und gar, indem er sich mit dir im Reihen kräuselt,
Dich zärtlich an sich drückt und Liebesworte säuselt.


    Amine.
Sei auch nicht ungerecht, da er mich dieses Fest,
Weil ich ihn darum bat, mit euch begehen läßt.


    Egle.
Das wirst du fühlen.


    Amine.
Wie?


    Egle.
Warum bleibt er zurücke?


    Amine.
Er liebt den Tanz nicht sehr.

Egle.
Nein, es ist eine Tücke.
Kommst du vergnügt zurück, fängt er halb spöttisch an:
Ihr wart wohl sehr vergnügt? - Sehr - Das war wohlgetan.
Ihr spieltet? - Pfänder - So! Damöt war auch zugegen?
Und tanztet? - Um den Baum - Ich hätt euch sehen mögen.
Er tanzte wohl recht schön? Was gabst du ihm zum Lohn?


Amine [lächelnd].
Ja.


Egle.
Lachst du?


Amine.
Freundin, ja, das ist sein ganzer Ton. -
Noch Blumen!


Lamon.
Hier! das sind die besten.


Amine.
Doch mit Freuden
Seh ich ihn meinen Blick der ganzen Welt beneiden;
Ich seh an diesem Neid, wie mich mein Liebster schätzt;

Und meinem kleinen Stolz wird alle Qual ersetzt.


    Egle.
Kind, ich bedaure dich, du bist nicht mehr zu retten,
Da du dein Elend liebst; du klirrst mit deinen Ketten
Und überredest dich, es sei Musik.


    Amine.
Ein Band
Zur Schleife fehlt mir noch.


    Egle [zu Lamon].
Du hast mir eins entwandt,
Das ich vom Maienkranz bei'm Frühlingsfest bekommen.


    Lamon.
Ich will es holen.


    Egle.
Doch du mußt bald wiederkommen.

## Zweiter Auftritt

[Egle. Amine.]

Amine.
Er achtet das nicht viel, was ihm sein Mädchen schenkt.


Egle.
Mir selbst gefällt es nicht, wie mein Geliebter denkt;
Zu wenig rühren ihn der Liebe Tändeleien,
Die ein empfindlich Herz, so klein sie sind, erfreuen.
Doch, Freundin, glaube mir, es ist geringre Pein,
Nicht gar so sehr geliebt, als es zu sehr zu sein.
Die Treue lob' ich gern; doch muß sie unserm Leben,
Bei voller Sicherheit, die volle Ruhe geben.


Amine.
Ach, Freundin! schätzenswert ist solch ein zärtlich Herz.
Zwar oft betrübt er mich, doch rührt ihn auch mein
Schmerz.
Wirft er mir etwas vor, fängt er an, mich zu plagen,
So darf ich nur ein Wort, ein gutes Wort nur sagen,
Gleich ist er umgekehrt, die wilde Zanksucht flieht,
Er weint sogar mit mir, wenn er mich weinen sieht,
Fällt zärtlich vor mir hin und fleht, ihm zu vergeben.

Egle.
Und du vergibst ihm?


Amine.
Stets.


Egle.
Heißt das nicht elend leben?
Dem Liebsten, der uns stets beleidigt, stets verzeihn,
Um Liebe sich bemühn und nie belohnt zu sein!


Amine.
Was man nicht ändern kann -


Egle.
Nicht ändern? Ihn bekehren
Ist keine Schwierigkeit.


Amine.
Wie das?


Egle.
Ich will dich's lehren.
Es stammet deine Not, die Unzufriedenheit

Des Eridons -


Amine.
Von was?


Egle.
Von deiner Zärtlichkeit.


Amine.
Die, dacht ich, sollte nichts als Gegenlieb entzünden.


Egle.
Du irrst; sei hart und streng, du wirst ihn zärtlich finden.
Versuch es nur einmal, bereit ihm kleine Pein:
Erringen will der Mensch, er will nicht sicher sein.
Kommt Eridon, mit dir ein Stündchen zu verbringen,
So weiß er nur zu gut, es muß ihm stets gelingen.
Der Nebenbuhler Zahl ist ihm nicht fürchterlich.
Er weiß, du liebest ihn weit stärker als er dich.
Sein Glück ist ihm zu groß, und, er ist zu belachen,
Da er kein Elend hat, will er sich Elend machen.
Er sieht, daß du nichts mehr als ihn auf Erden liebst,
Und zweifelt nur, weil du ihm nichts zu zweifeln gibst.
Begegn ihm, daß er glaubt, du könntest ihn entbehren;
Zwar er wird rasen, doch das wird nicht lange währen,
Dann wird ein Blick ihn mehr als jetzt ein Kuß erfreun;

Mach, daß er fürchten muß, und er wird glücklich sein.


    Amine.
Ja, das ist alles gut; allein es auszuführen
Vermag ich nicht.


    Egle.
Wer wird auch gleich den Mut verlieren.
Geh, du bist allzu schwach. Sieh dort!


    Amine.
Mein Eridon!


    Egle.
Das dacht' ich. Armes Kind! er kommt, du zitterst schon
Vor Freude, das ist nichts; willst du ihn je bekehren,
Mußt du ihn ruhig sehn sich nahn, ihn ruhig hören.
Das Wallen aus der Brust! die Röte vom Gesicht!
Und dann -


    Amine.
O laß mich los! So liebt Amine nicht.

## Dritter Auftritt

[Eridon kommt langsam mit übereinandergelegten Armen, Amine steht auf und läuft ihm entgegen. Egle bleibt in ihrer Beschäftigung sitzen.]

Amine [ihn bei der Hand fassend].
Geliebter Eridon!


Eridon [küßt ihr die Hand].
Mein Mädchen!


Egle [für sich].
Ach wie süße!


Amine.
Die schönen Blumen! Sprich, mein Freund, wer gab dir diese?


Eridon.
Wer? Meine Liebste.


Amine.
Wie? - Ah, sind das die von mir?
So frisch von gestern noch?

Eridon.
Erhalt' ich was von dir,
So ist's mir wert. Doch die von mir?


Amine.
Zu jenen Kränzen
Fürs Fest gebraucht ich sie.


Eridon.
Dazu! Wie wirst du glänzen!
Lieb' in des Jünglings Herz und bei den Mädchen Neid
Erregen!


Egle.
Freue dich, daß du die Zärtlichkeit
So eines Mädchens hast, um die so viele streiten.


Eridon.
Ich kann nicht glücklich sein, wenn viele mich beneiden.


Egle.
Und könntest doch; denn wer ist sicherer als du?

Eridon [zu Aminen].
Erzähl' mir doch vom Fest; kommt wohl Damöt dazu?

Egle [einfallend].
Er sagte mir es schon, er werde heut' nicht fehlen.

Eridon [zu Aminen].
Mein Kind, wen wirst du dir zu deinem Tänzer wählen?
[Amine schweigt, er wendet sich zu Eglen.]
O sorge, gib ihr den, der ihr am liebsten sei!

Amine.
Das ist unmöglich, Freund, denn du bist nicht dabei!

Egle.
Nein, hör nur, Eridon, ich kann's nicht mehr ertragen,
Welch eine Lust ist das, Aminen so zu plagen?
Verlaß sie, wenn du glaubst, daß sie die Treue bricht;
Glaubst du, daß sie dich liebt, nun gut, so plag sie nicht.

Eridon.
Ich plage sie ja nicht.

Egle.
Wie? Heißt das sie erfreuen?

Aus Eifersucht Verdruß auf ihr Vergnügen streuen,
Stets zweifeln, da sie dir doch niemals Ursach gibt,
Daß sie -


Eridon.
Bürgst du mir denn, daß sie mich wirklich liebt?


Amine.
Ich dich nicht lieben! Ich!


Eridon.
Wenn lehrst du mich es glauben?
Wer ließ sich einen Strauß vom kecken Damon rauben?
Wer nahm das schöne Band vom jungen Thyrsis an?


Amine.
Mein Eridon! -


Eridon.
Nicht wahr, das hast du nicht getan?
Belohntest du sie denn? O ja, du weißt zu küssen.


Amine.
Mein Bester, weißt du nicht? -

Egle.
O schweig, er will nichts wissen!
Was du ihm sagen kannst, hast du ihm längst gesagt,
Er hat es angehört, und doch aufs neu geklagt.
Was hilft's dich? Magst du's ihm auch heut noch einmal
sagen -
Er wird beruhigt gehn, und morgen wieder klagen.


Eridon.
Und das vielleicht mit Recht.


Amine.
Mit Recht? Ich! Untreu sein?
Amine, dir? Mein Freund, kannst du es glauben?


Eridon.
Nein!
Ich kann, ich will es nicht.


Amine.
Gab ich in meinem Leben
Dir je Gelegenheit?


Eridon.
Die hast du oft gegeben.

Amine.
Wenn war ich untreu?


Eridon.
Nie! das ist es, was mich quält:
Aus Vorsatz hast du nie, aus Leichtsinn stets gefehlt.
Das, was mir wichtig scheint, hältst du für Kleinigkeiten;
Das, was mich ärgert, hat bei dir nichts zu bedeuten.


Egle.
Gut! nimmt's Amine leicht, so sag, was schadet's dir?


Eridon.
Das hat sie oft gefragt; ja freilich schadet's mir!


Egle.
Was denn? Amine wird nie andern viel erlauben.


Eridon.
Zu wenig zum Verdacht, zu viel, sie treu zu glauben.


Egle.
Mehr, als ein weiblich Herz je liebte, liebt sie dich.

Eridon.
Und liebt den Tanz, die Lust, den Scherz so sehr als mich.


Egle.
Wer das nicht leiden kann, mag unsre Mütter lieben!


Amine.
Schweig, Egle! Eridon, hör auf, mich zu betrüben!
Frag unsre Freunde nur, wie ich an dich gedacht,
Selbst wenn wir fern von dir getändelt und gelacht;
Wie oft ich mit Verdruß, der mein Vergnügen nagte,
Weil du nicht bei mir warst, was mag er machen? fragte.
O wenn du es nicht glaubst, komm heute mit mir hin,
Und dann sag' noch einmal, daß ich dir untreu bin.
Ich tanze nur mit dir, ich will dich nie verlassen,
Dich nur soll dieser Arm, dich diese Hand nur fassen.
Wenn mein Betragen dir den kleinsten Argwohn gibt -


Eridon.
Daß man sich zwingen kann, beweist nicht, daß man liebt.


Egle.
Sieh ihre Tränen an, sie fließen dir zur Ehre!
Nie dacht ich, daß dein Herz im Grund so böse wäre.
Die Unzufriedenheit, die keine Grenzen kennt
Und immer mehr verlangt, je mehr man ihr vergönnt,
Der Stolz, in ihrer Brust der Jugend kleine Freuden,

Die ganz unschuldig sind, nicht neben dir zu leiden,
Beherrschen wechselsweis dein hassenswürdig Herz;
Nicht ihre Liebe rührt, dich rühret nicht ihr Schmerz.
Sie ist mir wert, du sollst hinfort sie nicht betrüben:
Schwer wird es sein, dich fliehn, doch schwerer ist's, dich
lieben.


    Amine [für sich].
Ach! warum muß mein Herz so voll von Liebe sein!


    Eridon [steht einen Augenblick still, dann naht er sich
furchtsam
    Aminen und faßt sie bei der Hand].
Amine! liebstes Kind, kannst du mir noch verzeihn?


    Amine.
Ach, hab ich dir es nicht schon allzu oft bewiesen?


    Eridon.
Großmütges, bestes Herz, laß mich zu deinen Füßen!


    Amine.
Steh auf, mein Eridon!

Egle.
Jetzt nicht so vielen Dank!
Was man so heftig fühlt, fühlt man nicht allzulang.


Eridon.
Und diese Heftigkeit, mit der ich sie verehre -


Egle.
Wär weit ein größer Glück, wenn sie so groß nicht wäre.
Ihr lebtet ruhiger, und dein und ihre Pein -


Eridon.
Vergib mir diesmal noch, ich werde klüger sein.


Amine.
Geh, lieber Eridon, mir einen Strauß zu pflücken!
Ist er von deiner Hand, wie schön wird er mich schmücken!


Eridon.
Du hast die Rose ja!


Amine.
Ihr Lamon gab sie mir.
Sie steht mir schön.

Eridon [empfindlich].
Ja wohl -


Amine.
Doch, Freund, ich geb' sie dir,
Daß du nicht böse wirst.


Eridon [nimmt sie an und küßt ihr die Hand].
Gleich will ich Blumen bringen.
[Ab.]


## Vierter Auftritt

[Amine. Egle. Hernach Lamon.]

Egle.
Gutherzig armes Kind, so wird dir's nicht gelingen!
Sein stolzer Hunger wächst, je mehr daß du ihm gibst.
Gib acht, er raubt zuletzt dir alles, was du liebst.


Amine.
Verlier' ich ihn nur nicht, das Eine macht mir bange.

Egle.
Wie schön! Man sieht es wohl, du liebst noch nicht gar lange.
Im Anfang geht es so: hat man sein Herz verschenkt,
So denkt man nichts, wenn man nicht an den Liebsten denkt.
Ein seufzender Roman, zu dieser Zeit gelesen,
Wie zärtlich der geliebt, wie jener treu gewesen,
Wie fühlbar jener Held, wie groß in der Gefahr,
Wie mächtig zu dem Streit er durch die Liebe war,
Verdreht uns gar den Kopf; wir glauben uns zu finden,
Wir wollen elend sein, wir wollen überwinden.
Ein junges Herz nimmt leicht den Eindruck vom Roman;
Allein ein Herz, das liebt, nimmt ihn noch leichter an.
Wir lieben lange so, bis wir zuletzt erfahren,
Daß wir, statt treu zu sein, von Herzen närrisch waren.


Amine.
Doch das ist nicht mein Fall.


Egle.
Ja, in der Hitze spricht
Ein Kranker oft zum Arzt: ich hab' das Fieber nicht.
Glaubt man ihm das? Niemals. Trotz allem Widerstreben
Gibt man ihm Arzenei. So muß man dir sie geben.


Amine.
Von Kindern spricht man so, von mir klingt's lächerlich;

Bin ich ein Kind?


   Egle.
Du liebst!


   Amine.
Du auch!


   Egle.
Ja, lieb' wie ich!
Besänftige den Sturm, der dich bisher getrieben!
Man kann sehr ruhig sein, und doch sehr zärtlich lieben.


   Lamon.
Da ist das Band!


   Amine.
Sehr schön!


   Egle.
Wie lange zauderst du!


   Lamon.
Ich ging am Hügel hin, da rief mir Chloris zu.

Da hab ich ihr den Hut mit Blumen schmücken müssen.


    Egle.
Was gab sie dir dafür?


    Lamon.
Was? Nichts! Sie ließ sich küssen.
Man tu auch, was man will, man trägt doch nie zum Lohn
Von einem Mädchen mehr als einen Kuß davon.


    Amine [zeigt Eglen den Kranz mit der Schleife].
Ist es so recht?


    Egle.
Ja, gib!
[Sie hängt Aminen den Kranz um, so daß die Schleife auf die rechte
Schulter kommt. Mittlerweile redet sie mit Lamon.]
Hör! nur recht lustig heute!


    Lamon.
Nur heute recht gelärmt! Man fühlt nur halbe Freude,
Wenn man sie sittsam fühlt und lang sich's überlegt,
Ob unser Liebster das, der Wohlstand jens erträgt.

Egle.
Du hast wohl recht.


Lamon.
Ja wohl!


Egle.
Amine! setz dich nieder!
[Amine setzt sich, Egle steckt ihr Blumen in die Haare, indem sie
fortredet.]
Komm, gib mir doch den Kuß von deiner Chloris wieder.


Lamon [küßt sie].
Von Herzen gerne. Hier!


Amine.
Seid ihr nicht wunderlich!


Egle.
Wär Eridon es so, es wär ein Glück für dich.


Amine.
Gewiß, er dürfte mir kein fremdes Mädchen küssen.

Lamon.
Wo ist die Rose?


Egle.
Sie hat sie ihm geben müssen,
Ihn zu besänftigen.


Amine.
Ich muß gefällig sein.


Lamon.
Gar recht! Verzeih du ihm, so wird er dir verzeihn.
Ja, ja! Ich merk es wohl, ihr plagt euch um die Wette.


Egle [als ein Zeichen, daß sie mit dem Kopfputze fertig ist].
So!


Lamon.
Schön!


Amine.
Ach daß ich doch jetzt schon die Blumen hätte,
Die Eridon mir bringt.

Egle.
Erwart' ihn immer hier.
Ich geh' und putze mich. Komm Lamon, geh mit mir!
Wir lassen dich allein und kommen bald zurücke.


## Fünfter Auftritt

[Amine. Hernach Eridon.]

Amine.
O welche Zärtlichkeit, beneidenswürdges Glücke!
Wie wünscht' ich - sollt' es wohl in meinen Kräften stehn -
Den Eridon vergnügt, und mich beglückt zu sehn!
Hätt' ich nicht so viel Macht ihm über mich gegeben,
Er würde glücklicher und ich zufriedner leben.
Versuch', ihm diese Macht durch Kaltsinn zu entziehn!
Doch, wie wird seine Wut bei meiner Kälte glühn!
Ich kenne seinen Zorn, wie zittr' ich, ihn zu fühlen!
Wie schlecht wirst du, mein Herz, die schwere Rolle spielen!
Doch wenn du es so weit wie deine Freundin bringst,
Da er dich sonst bezwang, du künftig ihn bezwingst -
Heut' ist Gelegenheit; sie nicht vorbei zu lassen,
Will ich gleich jetzt - Er kommt! Mein Herz, du mußt dich
fassen.

Eridon [gibt ihr Blumen].
Sie sind nicht gar zu schön, mein Kind! verzeih es mir,
Aus Eile nahm ich sie.


Amine.
Genug, sie sind von dir.


Eridon.
So blühend sind sie nicht, wie jene Rosen waren,
Die Damon dir geraubt.


Amine [steckt sie an den Busen].
Ich will sie schon bewahren;
Hier, wo du wohnst, soll auch der Blumen Wohnplatz sein.


Eridon.
Ist ihre Sicherheit da -


Amine.
Glaubst du etwa? -


Eridon.
Nein!
Ich glaube nichts, mein Kind; nur Furcht ist's, was ich fühle.
Das allerbeste Herz vergißt bei muntrem Spiele,

Wenn es des Tanzes Lust, des Festes Lärm zerstreut,
Was ihm die Klugheit rät und ihm die Pflicht gebeut.
Du magst wohl oft an mich auch beim Vergnügen denken;
Doch fehlt es dir an Ernst, die Freiheit einzuschränken,
Zu der das junge Volk sich bald berechtigt glaubt,
Wenn ihm ein Mädchen nur im Scherze was erlaubt.
Es hält ihr eitler Stolz ein tändelndes Vergnügen
Sehr leicht für Zärtlichkeit.


Amine.
Gnug, daß sie sich betrügen!
Wohl schleicht ein seufzend Volk Liebhaber um mich her;
Doch du nur hast mein Herz, und sag, was willst du mehr?
Du kannst den Armen wohl mich anzusehn erlauben,
Sie glauben wunder -


Eridon.
Nein, sie sollen gar nichts glauben!
Das ist's, was mich verdrießt. Zwar weiß ich, du bist mein;
Doch einer denkt vielleicht, beglückt wie ich zu sein,
Schaut in das Auge dir und glaubt dich schon zu küssen
Und triumphiert wohl gar, daß er dich mir entrissen.


Amine.
So störe den Triumph! Geliebter, geh mit mir,
Laß sie den Vorzug sehn, den du -

Eridon.
Ich danke dir.
Es würde grausam sein, das Opfer anzunehmen;
Mein Kind, du würdest dich des schlechten Tänzers
schämen;
Ich weiß, wem euer Stolz beim Tanz den Vorzug gibt:
Dem, der mit Anmut tanzt, und nicht dem, den ihr liebt.


Amine.
Das ist die Wahrheit.


Eridon [mit zurückgehaltenem Spott].
Ja! Ach, daß ich nicht die Gabe
Des leichten Damarens, des Vielgepriesnen, habe!
Wie reizend tanzt er nicht!


Amine.
Schön! daß ihm niemand gleicht.


Eridon.
Und jedes Mädchen -


Amine.
Schätzt -

Eridon.
Liebt ihn darum!


Amine.
Vielleicht.


Eridon.
Vielleicht? Verflucht! Gewiß!


Amine.
Was machst du für Gebärden?


Eridon.
Du fragst? Plagst du mich nicht, ich möchte rasend werden!


Amine.
Ich? Sag, bist du nicht schuld an mein und deiner Pein?
Grausamer Eridon! wie kannst du nur so sein?


Eridon.
Ich muß; ich liebe dich. Die Liebe lehrt mich klagen;
Liebt ich dich nicht so sehr, ich würde dich nicht plagen!
Ich fühl mein zärtlich Herz von Wonne hoch entzückt,
Wenn mir dein Auge lacht, wenn deine Hand mich drückt,
Ich dank den Göttern, die mir dieses Glücke gaben;

Doch ich verlang's allein, kein andrer soll es haben.


      Amine.
Nun gut, was klagst du denn? Kein andrer hat es nie.


      Eridon.
Und du erträgst sie doch; nein, hassen sollst du sie.


      Amine.
Sie hassen? und warum?


      Eridon.
Darum! weil sie dich lieben.


      Amine.
Der schöne Grund!


      Eridon.
Ich seh's, du willst sie nicht betrüben.
Du mußt sie schonen; sonst wird deine Lust geschwächt,
Wenn du nicht -


      Amine.
Eridon, du bist sehr ungerecht.
Heißt uns die Liebe denn die Menschlichkeit verlassen?

Ein Herz, das Einen liebt, kann keinen Menschen hassen.
Dies zärtliche Gefühl läßt kein so schrecklichs zu,
Zum wenigsten bei mir.


    Eridon.
Wie schön verteidigst du
Des zärtlichen Geschlechts hochmütiges Vergnügen,
Wenn zwanzig Toren knien, die zwanzig zu betrügen!
Heut ist ein großer Tag, der deinen Hochmut nährt,
Heut wirst du manchen sehn, der dich als Göttin ehrt;
Noch manches junge Herz wird sich für dich entzünden,
Kaum wirst du Blicke gnug für alle Diener finden.
Gedenk an mich, wenn dich der Toren Schwarm vergnügt;
Ich bin der größte! Geh!


    Amine [für sich].
Flieh, schwaches Herz! Er siegt.
Ihr Götter! Lebt er denn, mir jede Lust zu stören?
Währt denn mein Elend fort, um niemals aufzuhören?
[zu Eridon.]
Der Liebe leichtes Band machst du zum schweren Joch,
Du quälst mich als Tyrann, und ich? ich lieb dich noch!
Mit aller Zärtlichkeit antwort ich auf dein Wüten,
In allem geb ich nach; doch bist du nicht zufrieden.
Was opfert ich nicht auf! Ach! dir genügt es nie.
Du willst die heutge Lust! Nun gut, hier hast du sie!
[Sie nimmt die Kränze aus den Haaren und von der Schulter,
wirft sie

weg und fährt in einem gezwungenen ruhigen Tone fort.]
Nicht wahr, mein Eridon? So siehst du mich viel lieber,
Als zu dem Fest geputzt. Ist nicht dein Zorn vorüber?
Du stehst! siehst mich nicht an! Bist du erzürnt auf mich?


Eridon [fällt vor ihr nieder].
Amine! Scham und Reu! Verzeih, ich liebe dich!
Geh zu dem Fest!


Amine.
Mein Freund, ich werde bei dir bleiben;
Ein zärtlicher Gesang soll uns die Zeit vertreiben.


Eridon.
Geliebtes Kind, geh!


Amine.
Geh! hol' deine Flöte her.


Eridon.
Du willst's!

## Sechster Auftritt

Amine.
Er scheint betrübt, und heimlich jauchzet er.
An ihm wirst du umsonst die Zärtlichkeit verlieren.
Dies Opfer, rührt es ihn? Es schien ihn kaum zu rühren;
Er hielt's für Schuldigkeit. Was willst du, armes Herz?
Du murrst, drückst diese Brust. Verdient' ich diesen
Schmerz?
Ja, wohl verdienst du ihn! Du siehst, dich zu betrüben
Hört er nicht auf, und doch hörst du nicht auf zu lieben.
Ich trag's nicht lange mehr. Still! Ha! ich höre dort
Schon die Musik. Es hüpft mein Herz, mein Fuß will fort.
Ich will! Was drückt mir so die bange Brust zusammen!
Wie ängstlich wird es mir! Es zehren heftge Flammen
Am Herzen. Fort, zum Fest! Ach, er hält mich zurück!
Armsel'ges Mädchen! Sieh, das ist der Liebe Glück!
[Sie wirft sich auf einen Rasen, und weint; da die andern
auftreten,
wischt sie sich die Augen und steht auf.]
Weh mir, da kommen sie, wie werden sie mich höhnen!


## Siebenter Auftritt

[Amine. Egle. Lamon.]

Egle.
Geschwind! Der Zug geht fort! Amine! Wie? in Tränen?


Lamon [hebt die Kränze auf].
Die Kränze?


Egle.
Was ist das? wer riß sie dir vom Haupt?


Amine.
Ich!


Egle.
Willst du denn nicht mit?


Amine.
Gern, wär' es mir erlaubt.


Egle.
Wer hat dir denn was zu erlauben? Geh, und rede
Nicht so geheimnisvoll! Sei gegen uns nicht blöde!
Hat Eridon -?

Amine.
Ja! Er!


Egle.
Das hatt' ich wohl gedacht.
Du Närrin, daß dich nicht der Schaden klüger macht!
Versprachst du ihm vielleicht, du wolltest bei ihm bleiben,
Um diesen schönen Tag mit Seufzern zu vertreiben?
Ich zweifle nicht, mein Kind, daß du ihm so gefällst.
[Nach einigem Stillschweigen, indem sie Lamon einen Wink
gibt.]
Doch du siehst besser aus, wenn du den Kranz behältst.
Komm, setz ihn auf! und den, sieh! den häng hier herüber!
Nun bist du schön.
[Amine steht mit niedergeschlagenen Augen und läßt Egle
machen. Egle
gibt Lamon ein Zeichen.]
Doch ach, es läuft die Zeit vorüber;
Ich muß zum Zug!


Lamon.
Ja wohl! Dein Diener, gutes Kind.


Amine [beklemmt].
Lebt wohl!

Egle [im Weggehen].
Amine! nun, gehst du nicht mit? Geschwind!
[Amine sieht sie traurig an und schweigt.]


Lamon [faßt Egle bei der Hand, sie fortzuführen].
Ach, laß sie doch nur gehn! Vor Bosheit möcht' ich sterben;
Da muß sie einem nun den schönen Tanz verderben!
Den Tanz mit Rechts und Links, sie kann ihn ganz allein,
Wie sich's gehört; ich hofft auf sie, nun fällt's ihr ein,
Zu Haus zu bleiben! Komm, ich mag ihr nichts mehr sagen.


Egle.
Den Tanz versäumst du! Ja, du bist wohl zu beklagen.
Er tanzt sich schön. Leb wohl!
[Egle will Aminen küssen. Amine fällt ihr um den Hals und
weint.]


Amine.
Ich kann's nicht mehr ertragen.


Egle.
Du weinst?


Amine.
So weint mein Herz, und ängstlich drückt es mich.

Ich möchte! - Eridon, ich glaub, ich hasse dich.


Egle.
Er hätt's verdient. Doch nein! Wer wird den Liebsten
hassen?
Du mußt ihn lieben, doch dich nicht beherrschen lassen,
Das sagt ich lange schon! Komm mit!


Lamon.
Zum Tanz, zum Fest!


Amine.
Und Eridon?


Egle.
Geh nur! ich bleib. Gib acht, er läßt
Sich fangen und geht mit. Sag, würde dich's nicht freuen?


Amine.
Unendlich!


Lamon.
Nun so komm! Hörst du dort die Schalmeien?
Die schöne Melodie?

[Er faßt Aminen bei der Hand, singt, und tanzt.]


Egle [singt].
Und wenn euch der Liebste mit Eifersucht plagt,
Sich über ein Nicken, ein Lächeln beklagt,
Mit Falschheit euch necket, von Wankelmut spricht,
Dann singet und tanzet, da hört ihr ihn nicht.
[Lamon zieht im Tanz Aminen mit sich fort.]


Amine [im Abgehen].
O bring' ihn ja mit dir!


## Achter Auftritt

[Egle. Hernach Eridon mit einer Flöte und Liedern.]

Egle.
Schon gut! Wir wollen sehn! Schon lange wünscht ich mir
Gelegenheit und Glück, den Schäfer zu bekehren.
Heut' wird mein Wunsch erfüllt; wart nur, ich will dich
lehren!
Dir zeigen, wer du bist; und wenn du dann sie plagst! -
Er kommt! Hör, Eridon!

Eridon.
Wo ist sie?


Egle.
Wie! du fragst?
Mit meinem Lamon dort, wo die Schalmeien blasen.


Eridon [wirft die Flöte auf die Erde und zerreißt die
Lieder].
Verfluchte Untreu!


Egle.
Rasest du?


Eridon.
Sollt' ich nicht rasen!
Da reißt die Heuchlerin mit lächelndem Gesicht
Die Kränze von dem Haupt, und sagt: Ich tanze nicht!
Verlangt ich das? Und - O!
[Er stampft mit dem Fuße und wirft die zerrissenen Lieder
weg.]


Egle [in einem gesetzten Tone].
Erlaub mir doch zu fragen:
Was hast du für ein Recht, den Tanz ihr zu versagen?
Willst du denn, daß ein Herz, von deiner Liebe voll,

Kein Glück als nur das Glück um dich empfinden soll?
Meinst du, es sei der Trieb nach jeder Lust gestillet,
Sobald die Zärtlichkeit das Herz des Mädchen füllet?
Genug ist's, daß sie dir die besten Stunden schenkt,
Mit dir am liebsten weilt, abwesend an dich denkt.
Drum ist es Torheit, Freund, sie ewig zu betrüben;
Sie kann den Tanz, das Spiel und doch dich immer lieben.


    Eridon [schlägt die Arme unter und sieht in die Höhe].
Ah!


    Egle.
Sag mir, glaubst du denn, daß dieses Liebe sei,
Wenn du sie bei dir hältst? Nein, das ist Sklaverei.
Du kommst: nun soll sie dich, nur dich beim Feste sehen;
Du gehst: nun soll sie gleich mit dir von dannen gehen;
Sie zaudert: alsobald verdüstert sich dein Blick;
Nun folgt sie dir, doch bleibt ihr Herz gar oft zurück.


    Eridon.
Wohl immer!


    Egle.
Hört man doch, wenn die Verbittrung redet.
Wo keine Freiheit ist, wird jede Lust getötet.
Wir sind nun so. Ein Kind ist zum Gesang geneigt;
Man sagt ihm: sing mir doch! Es wird bestürzt und schweigt.

Wenn du ihr Freiheit läßt, so wird sie dich nicht lassen;
Doch, machst du's ihr zu arg, gib acht, sie wird dich hassen.


Eridon.
Mich hassen!


Egle.
Nach Verdienst. Ergreife diese Zeit,
Und schaffe dir das Glück der echten Zärtlichkeit!
Denn nur ein zärtlich Herz, von eigner Glut getrieben,
Das kann beständig sein, das nur kann wirklich lieben.
Bekenne, weißt du denn, ob dir der Vogel treu,
Den du im Käfigt hälst?


Eridon.
Nein!


Egle.
Aber wenn er frei
Durch Feld und Garten fliegt, und doch zurücke kehret?


Eridon.
Ja! Gut! Da weiß ich's.

Egle.
Wird nicht deine Lust vermehret,
Wenn du das Tierchen siehst, das dich so zärtlich liebt,
Die Freiheit kennt, und dir dennoch den Vorzug gibt?
Und kommt dein Mädchen einst von einem Fest zurücke,
Noch von dem Tanz bewegt, und sucht dich; ihre Blicke
Verraten, daß die Lust nie ganz vollkommen sei,
Wenn du, ihr Liebling, du, ihr Einzger, nicht dabei -
Wenn sie dir schwört, ein Kuß von dir sei mehr als Freuden
Von tausend Festen - bist du da nicht zu beneiden?


Eridon [gerührt].
O Egle!


Egle.
Fürchte, daß der Götter Zorn entbrennt,
Da der Beglückteste sein Glück so wenig kennt.
Auf! Sei zufrieden, Freund! Sie rächen sonst die Tränen
Des Mädchens, das dich liebt.


Eridon.
Könnt ich mich nur gewöhnen,
Zu sehn, daß mancher ihr beim Tanz die Hände drückt,
Der eine nach ihr sieht, sie nach dem andern blickt.
Denk ich nur dran, mein Herz möcht da vor Bosheit reißen!

Egle.
Eh! laß das immer sein! das will noch gar nichts heißen.
Sogar ein Kuß ist nichts!


Eridon.
Was sagst du? Nichts - ein Kuß?


Egle.
Ich glaube, daß man viel im Herzen fühlen muß,
Wenn er was sagen soll - Doch! willst du ihr verzeihen?
Denn wenn du böse tust, so kann sie nichts erfreuen.


Eridon.
Ach Freundin!


Egle [schmeichelnd].
Tu es nicht, mein Freund; du bist auch gut.
Leb wohl!
[Sie faßt ihn bei der Hand.]
Du bist erhitzt!


Eridon.
Es schlägt mein wallend Blut -

Egle.
Noch von dem Zorn? Genug! Du hast es ihr vergeben.
Ich eile jetzt zu ihr. Sie fragt nach dir mit Beben;
Ich sag ihr: er ist gut, und sie beruhigt sich,
Ihr Herz wallt zärtlicher, und heißer liebt sie dich.
[Sie sieht ihn mit Empfindung an.]
Gib acht, sie sucht dich auf, sobald das Fest vorüber,
Und durch das Suchen selbst wirst du ihr immer lieber.
[Egle stellt sich immer zärtlicher, lehnt sich auf seine
Schulter.
Er nimmt ihre Hand und küßt sie.]
Und endlich sieht sie dich! O welcher Augenblick!
Drück sie an deine Brust, und fühl dein ganzes Glück!
Ein Mädchen wird beim Tanz verschönert, rote Wangen,
Ein Mund, der lächelnd haucht, gesunkne Locken hangen
Um die bewegte Brust, ein sanfter Reiz umzieht
Den Körper tausendfach, wie er im Tanze flieht,
Die vollen Adern glühn, und bei des Körpers Schweben
Scheint jede Nerve sich lebendiger zu heben.
[Sie affektiert eine zärtliche Entzückung und sinkt an seine
Brust; er
schlingt seinen Arm um sie.]
Die Wollust, dies zu sehn, was überwiegt wohl die?
Du gehst nicht mit zum Fest, und fühlst die Rührung nie.


    Eridon.
Zu sehr, an deiner Brust, o Freundin, fühl ich sie!
[Er fällt Eglen um den Hals und küßt sie, sie läßt es

geschehn. Dann
 tritt sie einige Schritte zurück und fragt mit einem
leichtfertigen
 Tone.]


   Egle.
Liebst du Aminen?


   Eridon.
Sie, wie mich!


   Egle.
Und kannst mich küssen?
O warte nur, du sollst mir diese Falschheit büßen!
Du ungetreuer Mensch!


   Eridon.
Wie? glaubst du denn, daß ich -


   Egle.
Ich glaube, was ich kann. Mein Freund, du küßtest mich
Recht zärtlich, das ist wahr. Ich bin damit zufrieden
Schmeckt dir mein Kuß? Ich denk's: die heißen Lippen
glühten
Nach mehr. Du armes Kind! Amine, wärst du hier!

Eridon.
Wär sie's!


Egle.
Nur noch getrutzt! Wie schlimm erging es dir!


Eridon.
Ja, keifen würde sie. Du mußt mich nicht verraten.
Ich habe dich geküßt, jedoch was kann's ihr schaden,
Und wenn Amine mich auch noch so reizend küßt,
Darf ich nicht fühlen, daß dein Kuß auch reizend ist?


Egle.
Da frag' sie selbst.


**Letzter Auftritt**

[Amine, Egle, Eridon.]

Eridon.
Weh mir!


Amine.
Ich muß, ich muß ihn sehen!

Geliebter Eridon! es hieß mich Egle gehen,
Ich brach mein Wort, mich reut's; mein Freund, ich gehe
nicht!


   Eridon [für sich].
Ich Falscher!


   Amine.
Zürnst du noch? du wendest dein Gesicht?


   Eridon [für sich].
Was werd' ich sagen!


   Amine.
Ach! verdient sie diese Rache,
So eine kleine Schuld? Du hast gerechte Sache,
Doch laß -


   Egle.
O laß ihn gehn! Er hat mich erst geküßt;
Das schmeckt ihm noch.


   Amine.
Geküßt!

Egle.
Recht zärtlich!


Amine.
Ah! das ist
Zu viel für dieses Herz! So schnell kannst du mich hassen?
Ich Unglückselige! Mein Freund hat mich verlassen!
Wer andre Mädchen küßt, fängt seins zu fliehen an.
Ach! seit ich dich geliebt, hab ich so was getan?
Kein Jüngling durfte mehr nach meinen Lippen streben;
Kaum hab ich einen Kuß beim Pfänderspiel gegeben.
Mir nagt die Eifersucht so gut das Herz wie dir;
Und doch verzeih ich dir's, nur wende dich zu mir!
Doch, armes Herz, umsonst bist du so sehr verteidigt!
Er fühlt nicht Liebe mehr, seitdem du ihn beleidigt.
Die mächtge Rednerin spricht nun umsonst für dich.


Eridon.
O welche Zärtlichkeit! wie sehr beschämt sie mich!


Amine.
O Freundin, konntest du mir meinen Freund verführen!


Egle.
Getrost, mein gutes Kind! du sollst ihn nicht verlieren.
Ich kenn' den Eridon und weiß, wie treu er ist.

Amine.
Und hat -


Egle.
Ja, das ist wahr, und hat mich doch geküßt.
Ich weiß, wie es geschah, du kannst ihm wohl vergeben.
Sieh! Wie er es bereut!


Eridon [fällt vor Aminen nieder].
Amine! Liebstes Leben!
O zürne du mit ihr! sie machte sich so schön;
Ich war dem Mund so nah und konnt nicht widerstehn.
Doch kennest du mein Herz, mir kannst du das erlauben,
So eine kleine Lust wird dir mein Herz nicht rauben.


Egle.
Amine, küss ihn! weil er so vernünftig spricht.
[Zu Eridon.]
Lust raubt ihr nicht dein Herz, dir raubt sie ihres nicht.
So, Freund! du mußtest dir dein eigen Urteil sprechen;
Du siehst, liebt sie den Tanz, so ist es kein Verbrechen.
[Ihn nachahmend.]
Und wenn ein Jüngling ihr beim Tanz die Hände drückt,
Der eine nach ihr sieht, sie nach dem andern blickt,
Auch das hat, wie du weißt, nicht gar so viel zu sagen.
Ich hoffe, du wirst nie Aminen wieder plagen,

Und denke, du gehst mit.


    Amine.
Komm mit zum Fest!


    Eridon.
Ich muß;
Ein Kuß belehrte mich.


    Egle [zu Aminen].
Verzeih uns diesen Kuß!
Und kehrt die Eifersucht in seinen Busen wieder,
So sprich von diesem Kuß, dies Mittel schlag ihn nieder! -
Ihr Eifersüchtigen, die ihr ein Mädchen plagt,
Denkt euren Streichen nach, dann habt das Herz und klagt.

# INHALT